Mi biblioteca de ciencias

Cómo los humanos dependen de la Tierra

by Julie K. Lundgren

Editor del contenido científico:
Shirley Duke

Rourke
Educational Media

rourkeeducationalmedia.com

Science Content Editor: Shirley Duke holds a bachelor's degree in biology and a master's degree in education from Austin College in Sherman, Texas. She taught science in Texas at all levels for twenty-five years before starting to write for children. Her science books include *You Can't Wear These Genes, Infections, Infestations, and Diseases, Enterprise STEM, Forces and Motion at Work, Environmental Disasters,* and *Gases.* She continues writing science books and also works as a science content editor.

Photo credits: Cover © Stephen Mcsweeny; Pages 2/3 © Smileus; Pages 4/5 © Elenamiv, Anton Balazh; Pages 6/7 © liznel, Walter G Arce, Ann Cantelow; Pages 8/9 © Iakov Filimonov, Steve Heap; Pages 10/11 © Scott Bauer, Mikhail Malyshev; Pages 12/13 © snowturtle, buriy, Smileus Pages 14/15 © Grauvision, Ninell, Sergio33, Rudy Umans; Pages 16/17 © NASA, Antonina Potapenko; Pages 18/19 © Piotr Marcinski, Steshkin Yevgeniy, ifong, gallimaufry; Pages 20/21 © Lisovskaya Natalia, MarchCattle

Editor: Kelli Hicks

My Science Library series produced by Blue Door Publishing, Florida for Rourke Educational Media.
Editorial/Production services in Spanish
by Cambridge BrickHouse, Inc.
www.cambridgebh.com

Lundgren, Julie K.
Cómo los humanos dependen de la Tierra / Julie K. Lundgren.
ISBN 978-1-63155-058-4 (hard cover - Spanish)
ISBN 978-1-62717-328-5 (soft cover - Spanish)
ISBN 978-1-62717-535-7 (e-Book - Spanish)
ISBN 978-1-61810-238-6 (soft cover - English)
Library of Congress Control Number: 2014941413

Also Available as:

Printed in China, FOFO I - Production Company
Shenzhen, Guangdong Province

rourkeeducationalmedia.com
customerservice@rourkeeducationalmedia.com
PO Box 643328 Vero Beach, Florida 32964

Contenido

La Tierra provee

Las personas dependen de las plantas para su alimentación, el aire limpio, el agua, el combustible, la ropa y la vivienda. Casi todas las cadenas alimentarias comienzan con las plantas, los productores primarios. Durante la **fotosíntesis**, las plantas verdes utilizan la luz solar para transformar el **dióxido de carbono** del aire y el agua en azúcares simples constituidas por carbono, hidrógeno y oxígeno. Las plantas almacenan los azúcares en sus raíces, tallos y hojas. Al comernos las plantas, su energía y sus nutrientes pasan a nuestros cuerpos.

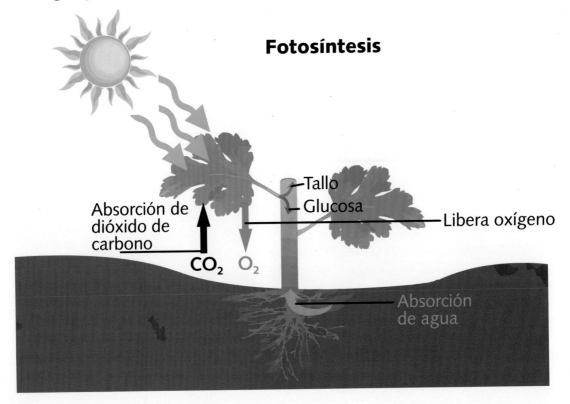

Fotosíntesis

Tallo
Glucosa
Libera oxígeno
Absorción de dióxido de carbono
CO_2 O_2
Absorción de agua

Las plantas absorben dióxido de carbono y liberan oxígeno durante la fotosíntesis. El equilibrio de estos gases en la atmósfera mantiene estable el clima de la Tierra. El dióxido de carbono causa que la Tierra retenga el calor. Al eliminar el dióxido de carbono de la atmósfera y aumentar el oxígeno, las plantas enfrían la Tierra y proporcionan oxígeno para respirar.

Desde que las primeras plantas terrestres comenzaron a crecer hace 450 a 500 millones de años, el paisaje y el clima de la Tierra han cambiado de tibio, rocoso y áspero, a fresco y verde producto del intercambio de dióxido de carbono y oxígeno durante la fotosíntesis.

Las plantas ayudan a purificar el agua de la Tierra. Cuando los humedales reciben y filtran el agua de escurrimiento, las cañas, hierbas y otras plantas eliminan los fertilizantes utilizados en la agricultura, atrapan los sedimentos y reducen la **erosión** y las posibilidades de inundación manteniendo y liberando agua lentamente. Los árboles nos proporcionan madera para la construcción de viviendas. También producimos telas de las fibras de algodón, lino, bambú y otras plantas.

Mientras la población aumenta, también aumenta la demanda de leña.

Usamos fibras de algodón para hacer jeans y billetes de dólar.

Por algún tiempo, los agricultores y constructores de los Estados Unidos pensaron que los humedales eran tierras inútiles, pero ahora reconocen su valor como purificadores de agua y como hábitats para plantas y animales.

Desde sus inicios, las personas han recolectado plantas silvestres y frutas como alimento. Los grupos humanos se trasladaban de un lugar a otro para recolectar plantas comestibles en las épocas de maduración o mayor crecimiento.

Más adelante en la historia humana, la agricultura se convirtió en parte de muchas culturas, permitiendo que la gente se quedara a vivir en un lugar fijo en vez de moverse según la localización de los alimentos.

En los huertos caseros y las granjas pequeñas se continúa proporcionando alimentos frescos, cultivados localmente, a familias y comunidades. Los agricultores locales suministran alimento estacional en pequeñas cantidades.

Al realizar la polinización cruzada del maíz con la gamagrass oriental, los agrónomos esperan obtener un híbrido más resistente a las plagas, al frío y a la sequía.

El avance de la tecnología ha cambiado qué y cuánto los agricultores cultivan. El desarrollo incluye cultivos **híbridos** mejorados. Dos plantas con diferentes características deseadas, pueden producir plantas híbridas que mantengan ambas características.

Los cultivos modificados genéticamente introducen una mayor calidad en las plantas. Los seres vivos tienen un conjunto de instrucciones incorporadas en sus células. Estas instrucciones, o genes, determinan cómo se ven y cómo crecen.

Cuando los científicos de alimentos introducen un gen en el conjunto de instrucciones de una planta, producen cultivos modificados genéticamente. Los genes introducidos pueden hacer que las plantas resistan enfermedades, insectos o **herbicidas**.

Las preocupaciones sobre los cultivos genéticamente modificados incluyen la **exogamia**, donde una planta modificada poliniza una planta de cultivo tradicional o una silvestre de su familia, introduciendo el nuevo gen en cultivos para otro uso o en la naturaleza.

Desde una chuleta hasta ti

Un cultivo genéticamente modificado para el uso del ganado puede que no haya sido probado para el uso humano, sin embargo, este puede polinizar los cultivos y transmitir el nuevo gen a nuestra comida.

Las personas utilizan las plantas como combustible para el transporte y para producir calor. Quemamos combustibles fósiles, los antiguos restos enterrados de plantas y animales que se encuentran en forma de carbón, petróleo y gas natural.

Los combustibles fósiles almacenan carbono, al igual que los árboles y las plantas. Cuando se queman, liberan dióxido de carbono en el aire. La creciente cantidad de dióxido de carbono en nuestra atmósfera ha causado que el clima de la Tierra se caliente.

La gasolina de nuestros auto[...] el gas natural que usamos para calentar nuestras casas y el carbón que usamos para producir electricidad provienen de depósitos de combustibles fósiles.

Las plantas nucleares, con sus características torres de enfriamiento, producen energía sin usar combustibles fósiles. Pero tienen un defecto important producen residuos radiactivos.

El Efecto invernadero

Una parte de la luz solar que incide sobre la Tierra es reflejada, otra parte se convierte en calor.

El CO_2 y otros gases de la atmósfera atrapan calor y mantienen caliente a la Tierra.

ATMÓSFERA

En las capas superiores de la atmósfera, el dióxido de carbono (CO_2) actúa como una sábana, bloqueando la salida del calor hacia el espacio. Poner demasiado dióxido de carbono en el aire puede resultar en un sobrecalentamiento de la Tierra.

No entres en pánico, pero...

Los últimos 10 años han sido la década más calurosa de la historia humana.

13

Midiendo nuestro impacto

Antes, las actividades humanas tenían poco efecto sobre la Tierra, pero hoy, podemos impactarla de forma nociva. La población mundial se ha disparado a 7 mil millones de personas. Más países utilizan combustibles fósiles cada vez en mayores cantidades, provocando el cambio climático global, la contaminación del aire y del agua, basura y enfermedades humanas. Si sumamos todas las formas en que contribuimos al cambio climático global mediante la producción de dióxido de carbono, obtenemos una medida que los científicos llaman huella de carbono. Cuando enciendes una luz, conduces un auto que consume gasolina o enciendes la calefacción en tu hogar, aumentas tu huella de carbono.

Nuestra huella de carbono también se incrementa cuando compramos alimentos provenientes de lugares distantes, por la cantidad de combustible que se gasta transportándolos hasta tu supermercado.

Clementinas de España

Europa

Asia

América del Norte

África

Mangos de México

América del Sur

Australia

Uvas rojas de Chile

14

Antárctica

Los pesticidas son eliminados por la lluvias y llegan a los arroyos o a aguas subterráneas cercanas, contaminando las reservas de agua subterránea natural.

Una población creciente necesita más recursos. Las grandes granjas industriales, producen cosechas muy necesarias, pero también crean problemas ambientales con la contaminación de las aguas por **pesticidas**, herbicidas y el escurrimiento de fertilizantes. Cuanto más genéticamente modificadas sean las cosechas que entran en producción, mayor será el riesgo de exogamia y otros problemas. Puede que no tengamos aún soluciones para estos problemas. ¿Qué precio pagamos para arreglar nuestras aguas y víveres?

No entres en pánico, pero...

La Tierra tiene recursos limitados, o **no renovables**, como los combustibles fósiles, que finalmente se acabarán. Se estima que las personas usarán todo el combustible fósil en los próximos 40 a 70 años.

En los países con alto crecimiento y altas necesidades de recursos, las personas amenazan ecosistemas enteros.

La alta demanda de madera y tierras de labranza pone en peligro los bosques lluviosos y otros **bosques antiguos**. Una vez destruidos, no podremos crear estos bosques otra vez.

Bosques que desaparecen

Los satélites toman fotografías de las selvas tropicales de la Tierra y los científicos las usan para estimar el precio y la cantidad de selva tropical perdida cada año. Ellos estiman que 38,600 millas cuadradas (100,000 kilómetros cuadrados) de este recurso no renovable desaparecen anualmente. Las granjas y las ciudades usurpan, cada vez más, terrenos a los bosques.

Vista satelital de un área de bosque tropical en Brazil, 2001

La misma vista satelital en 2010

El método de la quema y desmonte permite el uso de los terrenos boscosos en la agricultura, pero tiene varios efectos negativos como: la erosión, la pérdida de nutrientes y la desaparición de hábitats.

Los bosques lluviosos tropicales contienen más de la mitad de las especies vegetales de la Tierra. La deforestación continua resultará en la pérdida de la **biodiversidad** y de sus muchos beneficios a nuestro planeta. Necesitamos que estas plantas absorban dióxido de carbono y produzcan oxígeno, para tener un clima sano y estable.

Verde y limpia

Un mejor uso y desarrollo de los recursos renovables y la **conservación** de los recursos renovables y no renovables, ayudan a la Tierra a mantenerse saludable y a la vez satisfacer nuestras necesidades. Si reducimos las causas que contribuyen a los problemas, podemos reducir nuestra huella de carbono.

Nuestro uso de los basureros decrece si reciclamos, usamos bolsas de compra de tela y hacemos **compost** con los residuos de la cocina como cortezas de pan, cáscaras de verduras y restos de frutas.

Reducir la producción de residuos y reciclar todos los residuos que puedan ser reciclados, disminuye la necesidad de usar basureros.

18

En muchas áreas, el agua potable escasea. Podemos reducir nuestro consumo de agua tomando duchas más cortas, arreglando los grifos que gotean y añadiendo paja alrededor de las plantas. Para reducir la evaporación, se usan mangueras de goteo para regar céspedes y jardines durante las horas más frías del día.

El cultivo y la compra de alimentos ecológicos reduce la cantidad de pesticidas y fertilizantes químicos en nuestra agua y comida. La ropa orgánica también ayuda. Otras actividades que ayudan a la Tierra incluyen el sembrar plantas nativas en los jardines. Una vez establecidas, estas plantas crecen con poco cuidado ya que tienen adaptaciones para vivir en ese hábitat.

A pesar de que paguemos un poco más por los alimentos orgánicos en el supermercado, estamos ahorrando al no pagar por los gastos para resolver los problemas medioambientales causados por los alimentos producidos con plaguicidas y otros productos químicos.

NO SE USAN PRODUCTOS QUÍMICOS

GRANJA ORGÁNICA

Almuerza verde

Reducir tu huella de carbono puede ser a veces un inconveniente, pero puedes hacer un almuerzo verde con facilidad. En lugar de una bolsa de papel y servilletas, elige un recipiente reutilizable, y servilletas de tela. Usa recipientes reutilizables en lugar de bolsas de plástico o empaquetado desechable. Pon una bebida fría en un termo y pon una manzana orgánica para terminar tu festín.

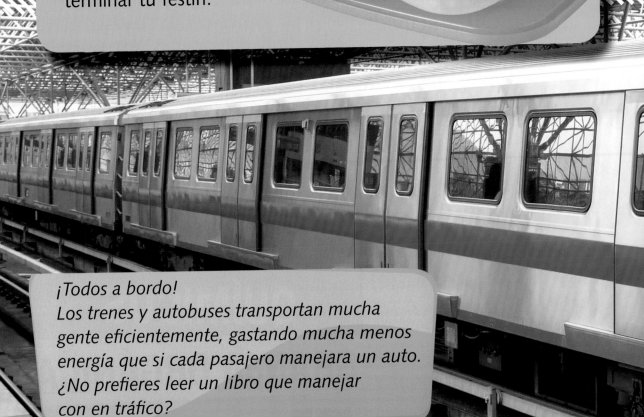

¡Todos a bordo!
Los trenes y autobuses transportan mucha gente eficientemente, gastando mucha menos energía que si cada pasajero manejara un auto. ¿No prefieres leer un libro que manejar con en tráfico?

El uso compartido del coche, la bicicleta y usar el transporte público como los trenes y autobuses, también reducen nuestra huella de carbono. La sustitución de combustibles fósiles por combustibles renovables y limpios, producidos a partir de las plantas, produce menos contaminación del aire. Podemos comprar gasolina mezclada con etanol, un combustible renovable hecho de maíz o de caña de azúcar.

Un planeta Tierra limpio y saludable, con abundante biodiversidad y un clima estable, puede satisfacer fácilmente las necesidades humanas. Ser responsables y tomar iniciativa personal cada día hace la diferencia.

Demuestra los que sabes

1. ¿Cómo influyen las plantas en el clima de la Tierra?

2. Algunos combustibles fósiles están debajo de áreas naturales. Cuando gastemos los recursos de otras áreas, ¿debemos sacrificar nuestros recursos naturales? ¿Por qué sí o por qué no?

3. ¿De qué formas puedes reducir tu huella de carbono?

Glosario

biodiversidad: la cantidad de distintas formas de vida en un hábitat o lugar

bosques antiguos: plantas nunca antes perturbadas por los seres humanos

compost: dejar que los restos de comida y basura de origen vegetal como ramas, hojas secas y cáscaras, se descompongan

conservación: la protección y conservación cuidadosa de los recursos, para protegerlos para el futuro

dióxido de carbono: gas incoloro, inodoro producido por la combustión de plantas y combustibles fósiles, causante del cambio climático

erosión: la pérdida del suelo y los nutrientes esenciales que están en este y que son vitales para el crecimiento de las plantas

exogamia: reproducción entre plantas manipuladas genéticamente y un cultivo tradicional o una planta silvestre

herbicidas: productos químicos usados por las personas para matar hierbas o plantas no deseadas

híbrido: el resultado del cruce de dos variedades de plantas

no renovable: limitado, que se acaba permanentemente después de ser utilizado

pesticidas: productos químicos usados por las personas para matar insectos y otras plagas, principalmente las que se comen los cultivos

Índice

Sitios de la internet

http://climate.nasa.gov/warmingworld/
http://epa.gov/climatechange/kids/index.html
www.meetthegreens.org/

Sobre la autora

Julie K. Lundgren ha escrito más de 40 libros de no ficción para niños. A ella le encanta compartir detalles sustanciosos sobre las ciencias, la naturaleza y los animales, ¡sobre todos si son un poquito desagradables! Ella espera que, mediante su trabajo, los niños aprendan que la Tierra es un lugar maravilloso y que los jóvenes pueden hacer una gran diferencia en mantener sano a nuestro planeta. Ella vive con su familia en Minnesota.

¡Pregúntale a la autora!
www.rem4students.com